BALADAS

Fabrício Corsaletti

BALADAS

ilustrações de Caco Galhardo

COMPANHIA DAS LETRAS

Copyright do texto © 2016 by Fabrício Corsaletti

Copyright das ilustrações © 2016 by Caco Galhardo

Grafia atualizada segundo o Acordo Ortográfico da Língua Portuguesa de 1990, que entrou em vigor no Brasil em 2009.

Capa e projeto gráfico
Claudia Espínola de Carvalho

Preparação
Andressa Bezerra Corrêa

Revisão
Thaís Totino Richter
Angela das Neves

Dados Internacionais de Catalogação na Publicação (CIP)
(Câmara Brasileira do Livro, SP, Brasil)

Corsaletti, Fabrício
　　Baladas / Fabrício Corsaletti ; ilustrações Caco Galhardo. — 1ª ed. — São Paulo : Companhia das Letras, 2016.

　　ISBN 978-85-359-2815-0

　　1. Poesia brasileira I. Galhardo, Caco. II. Título.

16-07288　　　　　　　　　　　　　　　　　CDD-869.1

　　Índice para catálogo sistemático:
　　1. Poesia : Literatura brasileira 869.1

[2016]
Todos os direitos desta edição reservados à
EDITORA SCHWARCZ S.A.
Rua Bandeira Paulista, 702, cj. 32
04532-002 — São Paulo — SP
Telefone: (11) 3707-3500
Fax: (11) 3707-3501
www.companhiadasletras.com.br
www.blogdacompanhia.com.br
facebook.com/companhiadasletras
instagram.com/companhiadasletras
twitter.com/cialetras

BALADA AGRADECENDO UMA CAMISA

fui feliz em Paraty
me senti na belle époque
bebi rum com Ana Lima
com Estevão, Kaiser Bock
pra Valéria cantei samba
Clara me cantou um rock
Karmo tava c'a macaca
o mar estava bem loki
minha camisa era branca
presente de Dárkon Roque

paramos na Praia Grande
pra comer moqueca, nhoque
conheci a mãe da Naia
que adora Jackson Pollock
fotografamos biguás
(pois somos contra bodoque)
vimos golfinhos de perto
um deles de dreadlocks
eu na proa com a camisa
que ganhei de Dárkon Roque

voltamos para a cidade
dir-se-ia que a reboque
do crepúsculo violeta —
a beleza é sempre um choque —
a vida como se abria
revelando um novo enfoque
mais intenso e valioso
do Chuí ao Oiapoque
que bonita era a camisa
que me comprou Dárkon Roque

foi um Dia Mastroianni —
no ar soavam alboques —
pela camisa de linho
agradeço a Dárkon Roque

CHICO
EM CHICAGO

quase não saio de casa
quando saio, é tedioso
não sei falar com as pessoas
às vezes sou asqueroso
minha analista se esforça
diz pra eu não ficar nervoso
que meu futuro ainda é longo
e talvez seja ditoso
mas a verdade é que sinto
muita falta do Mattoso

é claro, existe o Skype
(um invento cabuloso)
celular, Gtalk, e-mail —
"hoje tá meio chuvoso" —
porém perco a paciência
(sou um pouco mafioso)
ao perceber que não posso
encontrá-lo — era gostoso...
pois a verdade é que sinto
muita falta do Mattoso

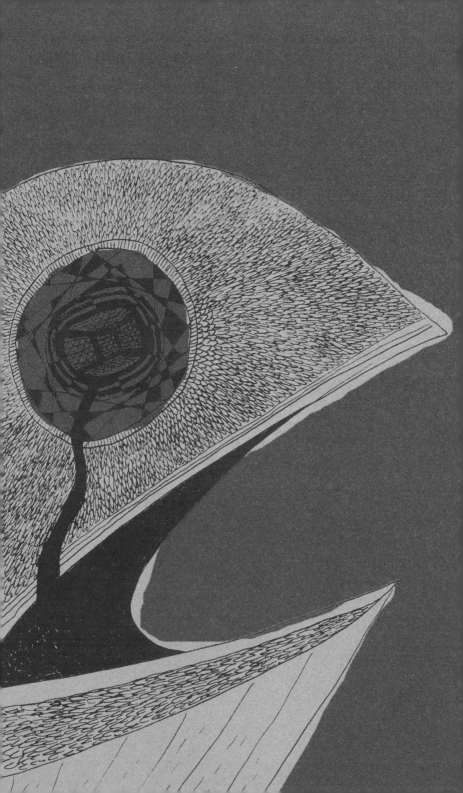

se mudar para Chicago...
lá o inverno é rigoroso!
ninguém pensa em tomar banho
é todo mundo seboso
não entendo, acho uma Boston
acho de fato odioso
e acho sinceramente
que isso é coisa do Tinhoso
porque a verdade é que sinto
muita falta do Mattoso

ao menos dois anos voam —
não fosse o tempo ardiloso —
então estará de volta
o meu amigo Mattoso

BALADA
DE CHICAGO

nunca estive na Tunísia
portanto, não vi Cartago
não conheço Machu Picchu
e nem Trinidad e Tobago
de Proust li só três páginas
cinquenta de Saramago
de Mallarmé, dez poemas
não manjo Iberê Camargo
mas gostei de ter vivido
um mês inteiro em Chicago

fiquei em casa de amigos
a duas quadras do lago
visitei o Art Institute
Cézanne fez um estrago
no meu olhar moribundo
passei vários dias gago
bebi no bar do Al Capone
que teve um fim aziago
como disse, foi bacana
o mês de março em Chicago

em Oak Park entrei na casa
do grande Frank Lloyd Wright, mago
da arquitetura, depois
saímos atrás de uns tragos
Johnny Cash na jukebox
e as casas sem grade, um vago
desejo de também ser
sem peias roçou-me os bagos
acho que até fui feliz
no mês passado em Chicago

cansei da minha tristeza
agora só transo afago
a Chico e Belle agradeço
o mês divino em Chicago

BALADA CONTRA BARES COM TEVÊ

gosto de livro e cinema
de churrasco e de saquê
gosto de pop e Velázquez
e um pouquinho de pavê
gosto de samba e de rock
sou tarado ni você
gosto dos anos 60
e até do rio Tietê
mas uma coisa eu detesto —
é boteco com tevê

prefiro ficar em casa
beber sozinho, morrer
a assistir no fim do dia
o Datena enlouquecer
prefiro ir pra Liberdade
me humilhar no karaokê
ou, melhor, sonhar na rede
com uma baiana e dendê
pois juro que não suporto
botequim que tem tevê

que moda mais desgraçada
de plasma ou LCD
o mundo não tem mais jeito?
esperem pelo 3D!
sei que (viva o dicionário
e o Tom) *matitaperê*
é ave cuculiforme
esquilo, *caxinguelê*
só não entendo, e abomino
taverna que tem tevê

enfim, não falo mais nada
me cansei, fazer o quê
porém lamento e protesto
contra bares com tevê

AS GAROTAS DO BAR BUIN BOM

são mais bonitas que estrelas
de cinema e sob o céu
da calçada de um boteco
com seus cabelos ao léu
e vestidos leves, curtos
descalças, feito troféus
do sol, fumando cigarros
bebendo breja a granel
falam e riem de tudo
de mim, de ti, do bedel

são estudantes de artes
visuais, fazem rapel
nas horas vagas, suponho
por seus braços de ouropel
vivem perto da Faap
racham luz, água, aluguel
tomam iogurte de cabra
grega, que lembra hidromel
de tarde vão pro Buin Bom —
cerveja, beque, pastel

eu as vejo quando passo
de táxi, qual bacharel
carregando meus pertences —
celular, Frontal, papel —
e é como se ouvisse música
chocalho de cascavel
vontade de tocar fogo
na lua, comprar anel
beber — e fumar de novo —
junto a elas, em Bornéu

que o tráfego só piore
e um dia o dia, infiel
não finde, e eu fique preso
pra sempre a esse painel

BALADA A FAVOR DE 2014

2013 já era
passou que nem dom Quixote
vendo dragão no moinho
ou seja, levando trote
da realidade, essa farsa —
se alguém puder, que a picote —
em que nada muda, e fede
o rabo do cachalote
quando penso que estão presas
as punks do Pussy Riot

fede a cauda da baleia
e a saia do sacerdote
a caneta da juíza
e o playboy no camarote
os poemas de Marina
Tzvietáieva, o cangote
da condessa russa, belo
feito neve no serrote
porque continuam presas
as punks do Pussy Riot

dois anos de reclusão —
ouço o estalo do chicote —
por usarem balaclavas
coloridas e decotes
dentro da igreja, num ato
contra Putin, o filhote
de Stálin, inda que seja
muito depois da glasnost
incrível que estejam presas
as punks do Pussy Riot

2014, venha
e chegue dando pinote
quero ler que foram soltas
as punks do Pussy Riot

BALADA PARA MICHAEL CORLEONE

ninguém escapa ao destino
ninguém evita um ciclone
e quem, em sã consciência
resiste a um saxofone?
há sortilégios no vento
maldições que vêm de longe
sinto um calafrio na espinha
quando toca o telefone
meu Deus, que vida de merda
teve Michael Corleone

seu rosto frio (Al Pacino)
branco feito mascarpone
é a muralha de um palácio
vazio, onde nem o clone
do que ele não pôde ser
ou do que foi (esse monte
de mentiras que, somadas
são a verdade) se esconde-
ria — não há nada por
trás de Michael Corleone

vamos compará-lo ao pai —
Vito, vital, canelone
disseminava chacinas
com a exuberância de um conde
amava a glutonaria
era um grande cicerone
sua morte entre os tomates
é pura como a de um monge
— o filho é estranho e mesquinho
pobre Michael Corleone

como foi mesmo que eu fiz
pra acabar assim *alone*?
às vezes acho que penso
que sou Michael Corleone

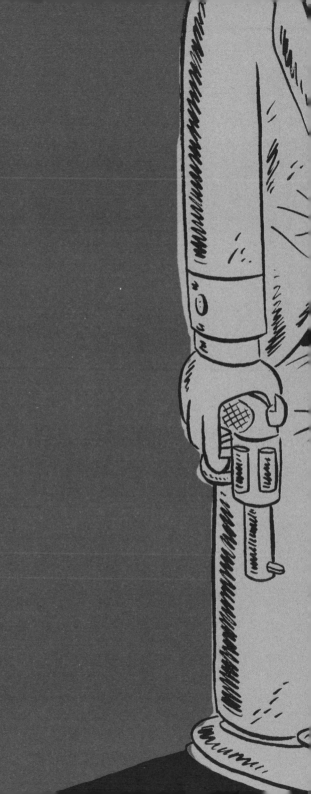

BALADA PARA LILI, A EX

decidida a infernizar
a vida de Reginal-
do (Felipe Rocha), o ex-
-marido nerd e banal
se muda pro apartamento
vizinho ao dele — "normal..."
vira do avesso o olho mágico
pra espioná-lo — "legal!"
daí em diante dá show
Maria Casadevall

nascida para o papel
ou atriz sensacional?
cabelo preto espetado
brilhante feito metal
olhos liublianos, queixo
um tiquinho oriental
mas o que impressiona mesmo
é a linguagem corporal
a graça pop que fabrica
Maria Casadevall

seu nome é uma redondilha
e é um deleite semanal
vê-la doida e divertida
tentando chutar o pau
da barraca de um sujeito
sem destino excepcional
a não ser ter sido um dia
o amor dessa genial
mulher em que se transforma
Maria Casadevall

nada mais a declarar
deixo um bom e velho UAU
pra rimar à altura dela —
Maria Casadevall

BALADA
DO KINTARÔ

às cinco em ponto da tarde
quem trabalhou, trabalhou
eu que não trabalho fora
nem gosto de chororô
saio de casa depressa
entro num trem do metrô
e antes que a chuva caia
ou que o sol queira se pôr
estou bebendo cerveja
no balcão do Kintarô

cerveja, saquê, shochu
marisco, polvo, escargot
berinjela, costelinha
de porco, torresmo — pô
como não se transportar
dos pântanos onde o grou
chafurda até as alturas
em que ele voa, senhor
do ar? e o céu escurece
em cima do Kintarô

hora da lanterna rubra
e da lua de Li Po
surge uma mulher dourada
tipo Brigitte Bardot
dona Líria vai embora
chegam os reis do sumô
Taka e Wagner, seus filhos
cujo avô um dia morou
em Presidente Prudente
esse é o lugar — Kintarô

e não tem tevê ligada
jamais um grito de gol
fica na Tomás Gonzaga
57 — Kintarô

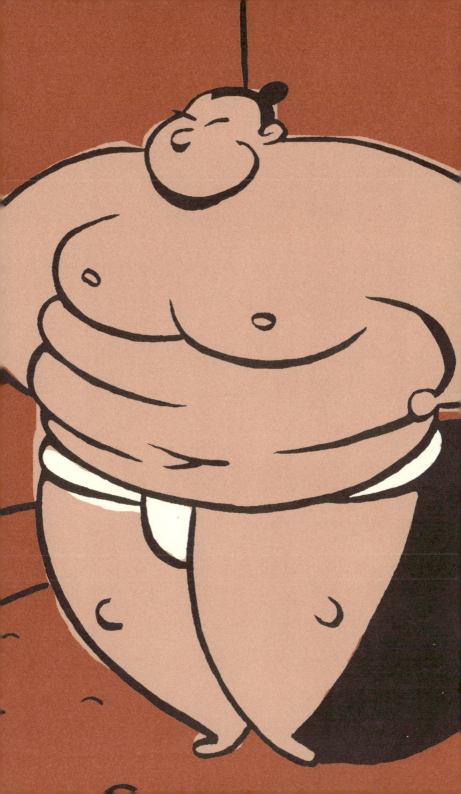

BALADA DO CAFÉ DA MANHÃ

em geral acordo cedo
boto o cobertor de lã
de lado e vou pro banheiro
(a elipse aqui não é vã)
na cozinha acendo o fogo
abro a janela — a romã-
zeira da vizinha é bela
e flameja o flamboyant
o céu é sempre laranja
no meu café da manhã

bebo média, como pão
integral, qual Genghis Khan
antes de fazer um saque
a alguma aldeia cristã
mas não capo os inimigos
nem estupro as aldeãs
mando dois ovos cozidos
penso em fartos sutiãs
sozinho e feliz, enquanto
tomo o café da manhã

depois vou para o escritório
e rascunho "Aldebarã
mira-nos do firmamento
que me importa? a vida é chã"
não me convence, deleto
a estrofe — e eis que uma rã
de Mogi das Cruzes salta
feito estrela de cancã
no poema, e devo isso
ao meu café da manhã

a tarde pode ser triste
a noite, às vezes, pagã
mas o melhor deste mundo
só no café da manhã

UM SONHO COM NIGELLA LAWSON

em Florença, de manhã
comi pão com mortadela
vendo o zimbório de Brunel-
leschi da minha janela
os raios de sol dançavam
entre as flores e as tigelas
na rua, senti que o mundo
se movia, caravela
solta no espaço, sem medo
então topei com Nigella

branca, branca, branca, branca
bela, bela, bela, bela
fazia compras na feira —
manjericão!, berinjela! —
a seu lado, farejando-a
caminhava uma cadela
e a cozinheira londrina
ria, dava-lhe a canela
de repente me encarou
com seus olhos de Nutella

me convidou pra almoçar
entramos numa viela
me pediu que a possuísse
ali, dentro da capela
depois picamos chalotas
em finas, lindas rodelas
sua voz era um conforto
seu sorriso, uma barrela
pro meu peito estropiado
recitei "Donna Mi Priegha"

acordei morto de fome
e com dor numa costela
quando liguei a tevê
ela assava uma vitela

BALADA DA MINHA MESA

o mundo é o que existe em volta
desta mesa de madeira
em que escrevo todo dia
sentado numa cadeira
e olhando pra tela em branco
enquanto crescem olheiras
sob os olhos provisórios
que arrolham minha caveira
ou seja, é o vento que passa
sobre a minha vida inteira

tudo o que fiz ou farei —
casar com uma taverneira
me atirar de uma janela
contemplar uma ameixeira
levar meu pai pro hospital
nadar numa cachoeira
ou me vestir de mulher
ser a maior bagaceira —
só suporto porque sei
que a poesia é verdadeira

alegre feito um esquimó
triste feito uma toupeira
salto pra cima e pra baixo
amo, cago, vou à feira
sou amigo, detestável
me estraçalho em bebedeiras —
não há nada mais bonito
que o ofício de parteira —
porém preciso voltar
à minha estação primeira

enfim, é aqui, sozinho
que às vezes cruzo a fronteira
lá fora, os peões cavoucam
com uma retroescavadeira

FABRÍCIO CORSALETTI

Fabrício Corsaletti nasceu em Santo Anastácio, no Oeste Paulista, em 1978, e desde 1997 vive em São Paulo. Formou-se em Letras pela USP e em 2007 publicou, pela Companhia das Letras, o volume *Estudos para o seu corpo*, que reúne seus quatro primeiros livros de poesia: *Movediço* (Labortexto, 2001), *O sobrevivente* (Hedra, 2003) e os então inéditos *História das demolições* e *Estudos para o seu corpo*. Também é autor dos contos de *King Kong e cervejas* (Companhia das Letras, 2008), da novela *Golpe de ar* (Editora 34, 2009), dos poemas de *Esquimó* (Companhia das Letras, 2010, prêmio Bravo!) e *Quadras paulistanas* (Companhia das Letras, 2013), das crônicas de *Ela me dá capim e eu zurro* (Editora 34, 2014), além dos livros infantis *Zoo* (Hedra, 2005), *Zoo zureta* (Companhia das Letrinhas, 2010) e *Zoo zoado* (Companhia das Letrinhas, 2014). Com Alberto Martins escreveu *Caderno americano* (Luna Parque, 2016), que reúne poemas em prosa dos dois autores sobre a América Latina, e com Samuel Titan Jr. traduziu *20 poemas para ler no bonde*, do argentino Oliverio Girondo (Editora 34, 2014). Desde 2010 é colunista da revista *sãopaulo*, do jornal *Folha de S.Paulo*, onde publica quinzenalmente crônicas e poemas.

CACO
GALHARDO

O cartunista paulistano **Caco Galhardo**, 48, publica sua tira diária na *Folha de S.Paulo* há vinte anos e é colaborador de revistas como *piauí* e *The Economist*. Tem uma dezena de títulos publicados, entre eles *You Have Been Disconnected* (Devir, 2004), *Bilo* (Girafinha, 2008) e *Flutuante e outras peças* (Sete Luas, 2014). O segundo volume de sua adaptação para quadrinhos de *Dom Quixote* foi finalista do prêmio Jabuti 2014. Com Marcelo Montenegro assina o roteiro de *Lili, a Ex*, série do canal GNT baseada em uma de suas tirinhas e dirigida por Luis Pinheiro, com Maria Casadevall no papel de Lili. Também ilustra livros de amigos poetas e escritores, como é o caso deste volume.

ESTA OBRA FOI COMPOSTA POR CLAUDIA ESPÍNOLA DE
CARVALHO EM DIN E IMPRESSA PELA RR DONNELLEY EM
OFSETE SOBRE PAPEL PÓLEN BOLD DA SUZANO PAPEL E
CELULOSE PARA A EDITORA SCHWARCZ EM OUTUBRO DE 2016

A marca FSC® é a garantia de que a madeira utilizada na fabricação
do papel deste livro provém de florestas que foram gerenciadas de
maneira ambientalmente correta, socialmente justa e economica-
mente viável, além de outras fontes de origem controlada.